까치

까치는 조선의 하늘을 뒤덮으며 날아다닌다. 까치는 희작喜鵲의 일종으로 조선 까마귀라고 통칭한다. 조선 사람들은 이 새로 운명을 점친다. 그 깃털은 흑과 백. 공작새와도 다르고 봉황새와도 비할 수 없다. 더욱이 그 우는 소리는, 까치까치 하면서 한층 더 머나먼 창공의 민둥산에 메아리친다.

서시

'빛'을 머금어 가는 동녘의 방
'아침'을 품어 가는 우리의 비행선

저 망망하고
반짝이는 창공으로 날아오른다

자 창을 열자
꼿꼿한 기상의 바늘이 가슴을 찌른다

이제는 어젯밤의 위안을 버릴 때
애착의 과거에 작별 인사를 고할 때

벗이여 새벽의 손을 서로 맞잡고
잠자리의 미지근한 온기를 걷어차 버리자

우리의 비행선은 영롱하고
오늘의 목표는 높이 빛나고 있구나!

목차

●●●●

●●●●●

●●●●●●

■ 이 책의 번역 저본은 『カチ·内野健兒第二詩集』(宣言社, 1930)입니다.

■ 원문에서 히라가나로 쓰인 부분은 바탕체, 가타카나로 쓰인 부분은 돋움체로 표기하였습니다.

■ 시 본문에서 말미에 적힌 각주는 저자 본인의 주석이며 그 외의 주석은 옮긴이의 주석입니다.

■ 이 책에서 사용된 글꼴은 문체부 바탕체, 제주명조체, 한나리 명조체, 함초롬돋움, KBIZ한마음 명조, KoPubWorld바탕체, KoPubWorld돋움체입니다.

●

화물열차

1·2·3·4·5·6·7·8·9·················

몇 량까지 이어지는 것일까

오늘을 게워 내는 시커먼 화차貨車 행렬이 덜컹덜컹 지나간다

하얀 밴드를 맨 모던 걸도 아닌가 하면

푸른 오비¹를 두른 마담도 아닌

고운 여행객이 꽃 같이 듬성듬성 보이는 차창 하나조차도

열려 있지 않은 화차는 그저 묵묵히

레일을 미끄러져 가는 게다

어쩌다 열려 있는 차창에서는

망연한 소들의 얼굴이 들여다보인다

그렁그렁 그 눈동자는 말할 수 없는 무지無知의 슬픔에 끔벅거리고 있다

또 토실토실 알토란 같은 돼지들이 꾸물꾸물 가득 차 있다

건널목에 서성이며 물끄러미 바라보고 있는 자에게

소 얼굴은 친구의 얼굴로 보이고, 돼지 무리는 동포의 모습이 되어

침울한 화물의 퇴적이 인류의 모습으로 떠오르는구나

파는 이에게서 사는 이에게로 움직이며

이동해 가는 화차의 뱃속은 거무칙칙한 게다

1·2·3·4·5·6·7·8·9··················

1929. 10.

병을 둘러싼 사람들

창공 아래에 커다란 병이 세워져 있다

사람들이 개미처럼 병 주위에 무리지어 있다

병 속에는 이십 층 삼십 층 되는 빌딩이 솟아 있다

장엄한 교회의 높은 탑에 석양이 찬연히 빛나고 있다

가로수는 초록 물결을 미풍에 파도치게 한다

빛으로 가득한 거리를 즐거운 듯 남녀가 걷고 있다

잘 보니 남녀는 여기에 모인 사람들의 얼굴이구나

그들은 기쁨에 몹시 들떠 언제까지고 언제까지고

커다란 병 주위를 둘러싸고 있다

그들 자신이 이 미려한 세계를 걷고 있다 생각하고 있다

광선은 한 장의 그림을 병에 비춘다

모인 사람들의 그림자는 그림 속의 풍경을 걸어 돌아다닌다―

―이런 식의

신기루 원리를 응용한 병이라는 것 따위인 줄

티끌만큼도 생각지 않고――

그 꿈꾸는 듯한 유쾌함에 이끌려

사람들은 높은 혈세를 지불하는 것이다

마침내 공허한 송장이 되어도 왠지 모르게 유쾌해진다

이상하고 커다란 빈 병이 비싼 품삯을 들여

(그래도 품삯 정도야 금세 본전 찾을 수 있으니)

도시 여기저기에 우뚝 버티고 서 있다

그리고 언제까지나 창공 아래에 번창하고 있구나

                                        1928. 7.

풀밭

훅 풍겨 온다!

풀밭의 훗훗함이 가슴을 찌르고 있다!

태양과 풀——

이건 못 참겠군

나무 그늘은 나를 빨아들이는 자석이구나

덤불에 털퍼덕 주저앉았다

시든 한 포기 풀이 되었다

풋내 나는 숨결이 덮여 오누나

피부의 관능을 불러일으키는 녀석 같으니!

      "생활에 찌든 굼벵이

        자본가에게 당하고 사는 놈

        이봐, 너, 정신 차려——"

불쑥 소나무는 어깨를 화난 듯 으스대지

삐죽삐죽 들엉겅퀴 피어 있어

종횡무진으로 뻗어 자란

참억새·감제풀·쑥·찔레나무………

잡초 무리는 쭉쭉

돌을 밀어젖히고 도랑을 지나쳐

이것 보라는 듯

뒤덮으며 밀어닥치는구나

그래! 이거다

군집의 힘이다

힘껏 서라!

가라!

공장이다 은행이다 상점이다

관청이다 학교다 사원이다

이것으로

바위 밑동째 ××를 해치워라

도랑을 건너 성채를 때려 부숴라

굼벵이인 나를

쭉쭉 이끌어 세우는 힘

이것은 어설프게 다정한 여자인가

나는 떡하니 버티고 섰다

회색으로 자욱한 거리 한 귀퉁이

노려보며

일요일의 풀밭, 뒤로 하고

나는 쭉쭉 나아가노라

1929. 8.

겨울의 문

톡 하고 땅을 치고 날아오르네

초록 도토리 너희들은 기운차구나

바람이 우듬지를 술렁이게 하며

나무들을 건너오면

후두둑 너희들은 창공에서

일제히 뛰어내려 오는구나

일제히 땅을 치고

톡 톡 톡 하며 날아오르는구나

너희들은 소나 말에게 짓밟히겠지

둔중한 바퀴에 깔리겠지

너희들의 초록 갑옷은 그것들을 지키겠지

너희들의 부드러운 속 열매는 안심하고

이윽고 싹을 틔우고 나와 창공으로 솟아오를 것을

소중하게 끌어안고 있구나

너희들은 땅에 들어박히지

낙엽은 위로 위로 떨어지겠지

그리고 썩겠지

초겨울 찬바람은 헐벗은 나무들을 때려눕히겠지

눈은 대지를 얼리겠지

너희들은 마침내 죽어 버린 듯싶으리라

초록 갑옷을 입은 젊은이들아

봄까지 견디는 거란다

1929. 11.

내걸리다

긴 서리에 단련된 칼날 같은 아침 하늘이었다

거뭇거뭇 모여든 머리 머리 머리……가 위를 보고 있다

앞으로 불쑥 튀어나온 건장한 팔

기와처럼 푸르스름해진 얼굴——

때가 낀 셔츠에 각반脚絆을 찬 인부 아닌가

전신주에 한 사내가 늘어져 있지 않은가

"어젯밤이었군"

무표정한 순사의 수첩이 그것을 묻고 있다

"……도로 공사를 하던 건가

어쩌다, 시골에서 올라온 지 얼마 안 된 사내가——"

고향 마을에서는 어머니나 아내나 아이가 기다릴지 모르지

비틀비틀 아버지가 소작의 괭이를 지고 있을지 모르거늘

도쿄에서 올 소액 우편환을 목 길게 빼고 기다릴지 모르거늘

네 뺨에 밤새 세밑의 바람은 송곳처럼 파고들었겠지

고향집 생각하며 열심히 얼어붙은 도로를 파헤쳤겠지

논밭과 달라 손바닥 물집이 몇 개나 터졌을 텐데

실을 잇는 마음으로 전선을 이었을 게야

몇백 볼트 전류가 너를 경직시킬 줄 생각지도 않았을 게야

코끝에 바다 같은 콧물이 매달린

착실한 시골뜨기의 최후가 도읍 하늘에 내걸려 있도다

1930. 1.

콧노래

고무가 찢어져 장화라도 물에 젖는다

지저분하게 진흙은 튀어오른다

그래도 내 코는 노래 부르노라

굽 높은 게다下駄를 신고 위태롭게 걸어가는 아낙은

푸성귀나 파를 담은 보따리 그늘에서

저녁밥 노래를 흥얼대는구나

들쳐 업은 아이를 흔들흔들하면서

식모 누나는 유행가 흥얼대며 집으로 돌아간다

머슴은 머슴대로 짐을 동여 묶은 자전거 위에서

배달부는 배달부대로 석간을 옆구리 끼고 방울 울리면서

우유장수는 우유장수대로 젖내 나는 수레를 끌면서

도무지 영문 모를 장단을 맞추며 서둘러 간다

진창에 한데 섞인 뒤범벅으로 일제히

해 질 녘 전 희끄무레 밝은 세계의 순간을 안타까워하듯

정신없이 윤회해 가는데

누구나 희미한 콧노래를 잊지 않는다

1930. 1.

깃드는 것

넘실대며   겹쳤다가   춤을 추면서

머나먼 바위 모서리 노리고 밀어닥치는 파도

오오   그 파도처럼 몸속을 돌아

불꽃의 혀를 뱉어 내고 뱉어 내며

오체를 몸부림치는 뱀에게

이상한 열기가 깃들더니

근육을 쪄 내고 골격을 녹여

끈적끈적한 액체를

누런 피부에서 짜내더라

고뇌의 쓴 즙   반항의 노래!

어느샌가 나고 자란 몸속 뱀

내 목숨을 끊지 않는 한 죽지 않겠지

그 집념에 정말이지 오장육부를

태우며   언젠가 이내 몸은

저 낭떠러지에서 부서지는 수밖에 없겠지

1928.

생활

무엇이, 이다지도 옴짝달싹 못 하게 하는가?

몇 권의 서적을 들고 나와서는

흰쌀 한 되와 약간의 부식으로 바꾸고

가까스로 오늘을 살며

아내는 몇십 날

창백한 병든 몸을 뉘고 있는데

과연 내일의 약과 음식은

무엇으로 구할까

구한다 한들 일은 없고

매일 거리를 헤매이며

허무하게 돌아가는 내 집에서는

부엌일이 처연히 기다리고 있지

찬물에 거칠어져 가는

손 살갗을

아내에게 들키는 것도

처량한 아침 저녁

고향의 부모님은 번번이

낙향을 재촉하지만

무료한 안일함을 어디서 구제하리

오랜 병고에도

기죽지 않는 아내는

어서, 실컷 일하고 싶다며

봄을 기원하는구나

하물며 사내가 되어 가지고

오늘을 고민하고 내일을 괴로워해 봤자

옷은 단벌이 되고

죽 한 그릇만 홀짝여 봤자——

아아, 무엇이 이다지도 옴짝달싹 못 하게 하는가?

1928. 11.

조선이여!

누구냐?   나를 쫓아낸 자

직업을 박탈당했다   빵을 빼앗겼다

나가 버리라며 내동댕이쳐졌다

온돌이여   흙담이여   바가지여   물동이여

모두 이별이로다   백의의 사람들

이군   김군   박군   주군

이름도 없는 거리의 전사·거지

고역의 부평초·자유노동자 지게꾼

안녕히   안녕히

안녕히   가난한 내 친구들

쳇!

추방된들 그대들을 잊을쏘냐

추방된들 포플러가 우뚝 서 있는 붉은 땅을 잊을쏘냐

그놈이다   그놈 목소리다

"진실을 노래하고 있기 때문에 안 된다는 말이다!"[2]

부정하던 그놈은 냉엄하게 있다

꼿꼿하게 있는 굳건한 우상偶像——

그놈은 부정한다

진실을 말하는 자의 생존을

26

부정하는 데 무엇이 남겠는가

무엇이 덧칠되겠는가

기만의 탑이 커다랗게 버티고 서는 것이다

기만의 탑은 홀연 거센 바람에 쓰러지는 것이다

기생의 아리랑   썩은 막걸리

일말의 구름으로 날아가 흩어져라

너희들   가난한 내 친구들

이군   김군   박군   주군

이름도 없는 거리의 전사·거지

고역의 부평초·자유노동자 지게꾼

경계하라!

당하지 마라!

쳇! 나는 쫓겨난다

우울한 연기를 뱉어 대는 배

차디찬 바닷물을 갈라 대는 배

배는 그놈의 채찍이 되어

나를 현해탄 저쪽으로 내동댕이쳐 버리는 것이다

내동댕이쳐질까 보냐 하고

이를 북북 가는 것도

뱃전을 붙들고 뚝뚝 눈물 흘리는 것도

이제는 소용없다

다시 올 날까지

그놈과 그대들이 있는 수평선

안녕히   안녕히   잠시만 안녕히

1929. 6.

○지게꾼

지게担軍는 지게꾼이라고도 한다. 지게란 짐을 운반하는 도구로 지게꾼은 그것을 짊어지는 운반부를 일컫는다. 거리를 다니며 수시로 사람들 요구에 응하는 자유노동자이다.

김장철

밭에서 동네로 이어지는 거라네

김치의 계절을 잇는 거라네

지게로 잇는 게야, 수레로 잇는 게야

땅의 전사들이 몰려드는구나

농사꾼들의 진군이로구나

시장은 산더미라네

배추의 산더미라네, 무의 산더미라네

잇따라 시장을 점령하는구나

모두 나와라

준비하라!

항아리 늘어놔라, 씻어라

볕에 말려라

그리고 무며, 배추며

꾹꾹 담아라 꾹꾹 담아, 꾹꾹 눌러 담아

미나리 좋구나, 고추 좋구나

밭의 정기를 봉해 넣어라

밤 좋구나, 버섯 좋구나

산의 정기도 봉해 넣어라

조개 좋구나, 새우 좋구나

바다의 정기도 봉해 넣어라

금비녀·옥 장식

전당포에 맡겨서라도

가시나[3]들 서둘러라

어머니도 서두르오

자 시장으로 몰려드는구나

마을 여군들의 진격이로다

1927. 12.

김치: 절임 음식. 조선에서는 아무리 가난한 집이라도

조선식 절임 김치를 담그지 않는 집이 없다.

가시나: 딸

어머니: 엄마

교원의 노래

옆 쳐다보고 웃는 녀석

앞사람 어깨 찔러 대는 녀석

노트에 낙서하는 녀석

필통을 두드리는 녀석

이봐, 얘들아, 똑바로 앞을 봐!

일일이 야단치자니 끝도 없구나

내 목소리여, 자석이 되어

확 하고, 끌어당겨라

열성의 목소리여, 울려퍼져라

높이다 높이다, 걸걸해졌구나

목구멍이 찢어질 듯, 불을 토하는 듯

어느샌가 칠판은 문자의 홍수

풀풀 날리는 백묵은 눈보라 치네

빛바랜 양복에 내려앉는구나

입에도 코에도 백묵이다

목구멍에도 폐에도 백묵이다

S극도 N극도 망가졌다니

모두 모두, 폐를 조심하라

그러나 생각만 하고 가만히 있지 못하는 나

첫째로, 살아야 하니까

아버지가, 어머니가, 형제가, 살아야 하니까

이것 참, 어린 학생들을 살려야 하니까

그래서 결국 내가 죽게 되다니⋯⋯⋯⋯⋯

이렇게 생각할 여유도 부여받지 못한 나

이봐, 애들아, 똑바로 앞을 봐!

옆 쳐다보고 웃는 녀석

앞사람 어깨 찔러 대는 녀석

노트에 낙서하는 녀석

필통을 두드리는 녀석

1927. 12.

중화가街를 보고

장쭤린張作霖[4]이 대통령이 되든
상하이에 혁명군이 일어나든
너희 아버지들은 돈 계산에 여념이 없구나
노스탤지어 따위 저기 시궁창에 버려져 있으리

돌을 들어 올려 너희는 던지는구나
타도되는 상대편의 돌이
무엇이겠는가 따위는
티끌만큼의 고민도 떠올리지 않고 너희는 던지리

전족纏足[6]을 한 어머니는 절름발이처럼
아스팔트 거리로 나가는 일도 좀처럼 없고
너희에게 줄 장난감 같은 것은 생각한 적조차 없지
너희 자신 또한 만두 가게 말고는 잘 아는 게 없으리

돌을 들어 올려 너희는 던지는구나
그것이야말로 이 거리의 유일한 놀이일 테니까
세계 위에, 중국 위에, 타도해야 할 것이
무엇인지도 모르면서 너희는 던지리

1928. 2.

자유의 나라

얼음이 온통 가두고 있다
물을 첨벙이며 헤엄쳐 돌아다닐 쾌적함도
먹을 것을 찾아 돌아다닐 이권도
서글프게 가두고 있다

얼음 위를 뒤뚱뒤뚱 걷는
오리 무리도 학의 부류도
무직인 방랑자의
가녀린 그림자를 드리운다——

청신한 물이 솟구쳐 올라서
그저 한 곳
흑두루미·재두루미·백조·물오리……
한도 끝도 없이 군집하는 곳

물은 꽃보라 치고
물새 떼를 감싸며
물고기와 벌레가 좋아하는 먹이는
물새의 입과 배를 축복한다

하지만, 괭이갈매기 떼는

하늘을 어지러이 날면서

너무도 작은 조망인

자유의 나라를 한탄하고 있다

(경성 창경원의 동물원을 보고)

1928. 1.

어떤 직업

하얀 분은 진흙이야

입술연지는 잿물이야

부— 부— 부——

하루 일이 끝났다는 부——

아니지 우리 일이 시작한다는 부——

나는 거울 파편에 얼굴을 드리우고

요염하게 변하지·기괴하게 둔갑하지

나병의 천을 두르고·썩은 줄 오비帶를 매고

넘치는 쓰레기장이 되어

토굴 음습한 곳을 기어나오지

건너편 빌딩 그늘에서

취기 가득한 대음신大陰神[7] 저 달이 엿보기라도 하면

왠지 모르게 토하고 싶어지네

우리의 분노를 실컷 부풀리고 싶어지네

움찔거리는 외다리——견뎌라

잠시 죽여야 하니

꼼짝도 하지 마라——

오오 왼손아 너도

오늘 내 역할은 불행한 사냥꾼

전차 교차로에서 교차로로

역 앞으로·조선은행 앞으로

우리의 무대는 돌아가는구나

번화한 거리로 활이 쏘아지는구나

사냥감은 허영이고·위선이고·자만이고·오만이네

순정을 딱 쏘아 맞춘 때만은

눈물에 촌극은 흘러가 버리지

──허나 잠깐 기다려!

순정은, 수천 년 전

악마의 뜰에서 모조리 학살당했으니

철가면을, 똑바로 정면에서

레이디의 분 바른 얼굴에 내던지고

칼날 같은 손으로, 요상한 바람처럼

젠틀맨의 허여멀건 손을 잘라라

우리의 화살은 연민을 자아내듯 가장하고 있지

중역들 앞에서, 무척 매끄럽게

머리를 끄덕이는 회사 은행원 제군들

과장 주사 앞에서 회색 양 같은 관공리 제군들

우리도 제군들 이상으로 명배우라며 자랑할 생각은 없어

그저 이유 없는 멸시는 거두란 말이다

노동은 낮과 밤의 차이일 따름

무대는 실내냐 실외냐의 구별일 따름

학교에서 쭉쭉 승진하는 임시변통과는 다르지

자본 없는 수행이지

응애응애 소리와 더불어

남대문 머리 내던져지고

북한산 바람에 엉덩이 살갗은 울음을 터뜨렸던가

그리고 우리의 분장은·동작은·대사는…

무너져 내리는 처마 밑 깊은 수면에서

국세 조사[9]하는 등불을 밝히고

"무슨 장사를 하지?"라고

물어 대던 별 볼 일 없는 놈

그놈! 무직이라고 생각하는 모양이군

1927. 2.

고래

지구를 그러안고 있는
방대한   조류潮流의 냉정함——

소금기 목구멍에서 덩어리지고
바닷물은 유리처럼 쓸쓸하다

육지에서 추방된 자는 유유히
태양에 분수처럼 꽃을 쏘아 올리는구나

푸르푸르푸르푸르   푸르륵
푸르푸르푸르푸르   푸르륵

스펙트럼이 되고   꽃무지개가 되어
사상의 오로라를 저 하늘까지 다리 놓으니

뭍에 사는 사람은 희망의 돛을 부풀려
나방 떼처럼 먼바다로 떠나는구나

푸르푸르푸르푸르   푸르륵

푸르푸르푸르푸르　푸르륵

부채꼴로 방사상으로

마천루는 또렷한 나팔 소리 높이 내질러

때로는 물속을 잠행하고 때로는 물 위를 부유하며

자유자재로 출몰하는 수평선의 세계다　작은 섬이다

토양을 밟던 뒷다리는 완전히 망각되어 버렸고

앞다리의 지느러미 끝은 자유의 바다를 휘저어 간다

　　　　　　　　　　　　　　1927. 4.

복어

나는 신뢰한다

어떤 자의 마음이든 있는 그대로 용인한다

어떤 먹이든 후의가 담긴 양식이라 사유한다

어린아이의 낚시질에도

목숨을 거는 나

나는, 내 본성을

축복해야 하는가   저주해야 하는가

이제, 물기 없는 육지로 낚여 올려져 버렸다

빠져 죽는 고통 따위 경험한 적도 없는 놈들

그놈들 눈알이 나를 마구 노려본다

에라 모르겠다, 하늘을 등지고 배를 내밀어라

더욱 더 가해지는 그놈들의 매질은

내 감정·사상을 더욱 방대하게 한다

매질이 계속해서 공기를 난도질하듯 가르던 새벽

배는 파열되어 증오의 봉화를 올린다

동지들! 시체를 때려눕힌 것으로도

아직 만족하지 못하는 그놈들에게 마음을 허락지 마라

이윽고 우리는 열탕 지옥에 던져지리니

오체는 갈가리 해체되고, 오장육부가 찢겨도

몸속 깊은 비밀로

그놈들 혈맥을 끊어 버릴 마지막 극독을

발라 주기를 잊지 마라

1927. 6.

바다의 시 I

망망하게 남청색 가리비 조개를 주워

눈보라 치는 파도의 바람에

사상이라는 돛의 천을 나부끼게 하자는 건가

파라솔 쓴 뱅어 여인도

파나마 모자 쓴 복어 남자도

오오   현실이 다한 곳

여기 곳으로   줄줄 빽빽하게

이주하는구나   이주하는구나

바다의 시 II

수목의 이파리도　풀이파리도　짭짤해
나는 이파리를　입에 물고
거리에서 도망친　쓸쓸함을
바다 가득히　펼쳐 준다──

바닷가의 어린아이　네 조개껍질이여　뺨이여
오오 그리고　너 여인의 해초여　머리칼이여
천진하게　손질되어서
본능적으로　빛나고 있구나──

어느샌가 잊고 있었던　마음의 고향이
또렷하게　바다 거울에 보이게 되니
나는　서글프게도
하늘의 희미한　초승달이 된 물고기였다

1927.7.

윤회

상상의 정점에까지 오르면
그게 그 친구일지도 모른다니
너무나 두려운 일이기는 하지

새 신부의 창백한 얼굴이
언제까지고 착 들러붙어 있는
그 도둑 든 밤의 인상!

"거문고 가조각을 넣어 둔 작은 함까지 열려 있더라고요"라며
자못 두려운 눈을 한 그녀가 이야기할 만큼의
방·난장판이 된 방

순사가 오고, 형사를 기다리며
새벽 두 시에 들어온 바닥이 얼마나 차가운지
도둑에게 보내는 느낌이 슬프게도 떨리는구나

"우리 집이 아니더라도
털러 들어갈 만한 집은 얼마든지 더 있을 텐데——"
그녀의 말에 잠깐이야 수긍하기는 했지만………

새삼스럽게, 각기병을 앓아 살 곳도 없이

"울고 있다고, 돈 좀 빌려줘"라며

내게 말을 건넨 친구가 떠오르는구나

금전적 여유도 없던 신혼부부

그래도, 그래도, 전당 잡힐 수 있는

옷가지 몇 벌이 없었다고는 못 할 것이니

그 친구가, 오오, 그 친구가

불운을 탓하며, 그러다 목숨을 부지하고 싶은 생각에

매정한 인간의 재산을 빼앗기라도 한 것은 아니었을까?

아니, 아니야, 우리 집에 잠입한 것이

"그 친구일 리 없어"라며

필사적으로   누가   부정할 수 있으리

상상의 끝까지 오르면

그게 그 친구일지도 모른다는 게

너무나 두려운 일이기는 하지

1925. 11.

○김장

배추, 무를 절여 담근 것을 김치라고 하며 채소와 더불어 산에서 나는 과일과 바다에서 나는 어패류도 더한다. 김치는 조선인에게 필수이자 진미인 먹거리인데, 일본인들에게도 상미賞味된다. 시집에서 「김치의 시」를 참조할 것.

무위·무위·어느 때까지

벌써, 이리저리, 한 달
이렇게 퍼부으니, 살 수가 없구나——

아무런, 중얼거림도 없이
처마 밑에 가만히 있거나, 누워 뒹굴거나

엄마도 시무룩해 있고
식충이 녀석들은 불이라도 붙은 듯 빽빽 울어 대고——

아무것도, 마음에 두지 않고
꾸벅꾸벅 잠들거나, 비를 쳐다보거나

한강 물은 흘러넘칠지 모르지만
우리 뱃속은 바싹 말라 좁쌀조차 헤엄치지 않지——

아무런, 생각도 하지 않고
죽은 뼈 같은 모습은 선정禪定[10]에 든다

1926. 7.

안마당 풍경

몇 개씩이나·몇 개씩이나
부풀어 올랐다가·우두커니 섰다가
쑥 들어가 버리기도 하는
짙은 색 항아리들입니다

온종일
안마당에서, 뭔가 하면서
입을 꾹 다물고 있는
흰옷의 조선 여인입니다

무위한 가슴에
진홍색 칸나꽃이
하트 모양의
낙인을 찍습니다

1926. 8.

조선인 두부장수

"연두부 없소?"

"연두부 없소이다"

그리고 나서

이제 잠자코 방울 소리 울리면서 가 버린답니다

"그냥 두부는 어떠시오?"라는 말도 않고

이제 그저 방울 소리 울리면서 가 버린답니다

거지와 달빛

"그는, 기도를 하듯이 양손을 딱 맞붙여서
밤새도록, 거기 머물며
교교한 달빛에 화석이라도 되려는 것인가

이 얼마나 시적인 정경인지!"

내 가슴 한구석에 서식하고 있는 한 사람이 감탄했다

"어디요?——
다리가 얼어붙을 것 같아서, 전혀 눈치를 못 챘네요"
라며 옷깃을 여미면서 아내는 뒤쪽을 돌아보았다

"그런데, 그런데
소금에 절인 것처럼 시든 배를 끌어안고
남루한 옷 한 장을 겨우 걸친 몸에

이 얼마나 아름다운 달빛일까?"

내 가슴 한구석에 서식하고 있는 다른 한 사람이 외쳤다

섣달 그믐날의 깊은 밤——

경성 거리의 담벼락 아래에서는, 거지와 달빛이

이따금 통행인들 마음을 아로새기고 또는 동상 걸리게 한다

1926. 1

신춘부新春賦

풍등이風登耳 풍등이

투구와 같은 풍등이

하지만 네가 끌어안은 얼굴은

갸름한 박꽃 같구나——

'복福'이나 '수壽' 같은

자수로 된 금빛 글자가

그녀의 운명을

빛나게 만들지

투명한 햇살에

붉은 술이 불타오르고

맨드라미 줄지어 피는

그 음력 정월의 전차를 사랑하노라

1926. 2.

풍등이: 조선 부인들의 겨울용 모자.

개나리

개나리·개나리

봄의 으뜸·아가씨

아직 연둣빛도 아니고, 복숭아 빛도 아닌 채

이 구석 끝에서 저 구석 끝까지

온돌 옆에, 흙담 그늘에

개나리·개나리

너는 밝디 밝은 의상을 나부끼며

회색에 지친 눈을

노랑, 노랑, 노랑————

예리하게 만든다

한창 나이 때의 젊은이처럼 만든다

겨울의 수정궁에서 뛰쳐나온 아가씨

너무도 잘 닦여 있는 꽃의 얼굴!

1926

이왕[11] 훙거薨去

벚꽃이 피는 사월 이십육 일 오전 여섯 시 십 분 숨지셨다

백의 백의 백의 백의 백의 백의 백의 백의 백의⋯⋯⋯⋯⋯⋯

하얗게, 하이얗게
돈화문으로 밀려드는 파도의 무리

아이고— 아이고—오—오—오—오—⋯⋯⋯⋯⋯⋯

안타까운 울먹임은
소용돌이치며 다가오는구나!

진회색의 창덕궁 ████████████

휘저어 탁해진 저 하늘의 가슴에
구성지게 벚꽃 무리진 꽃송이도 아주 창백해져서

아이고— 아이고—오—오—오—오—⋯⋯⋯⋯⋯⋯

묵직한 마음은 압착되고

온갖 이里에서 동洞에서 ──종로로 돈화문으로

백의 백의 백의 백의 백의 백의 백의 백의 백의·················

1926. 봄

돈화문: 창덕궁 앞의 정문

이: 시골 부락을 부르는 명칭

동: 도시의 한 구획에 이름 붙이는 명칭

종로: 경성 조선인 마을의 주요 거리인 종로에는 돈화문으로 통하는

대로가 있다.

아이고: 조문하는 곡소리

백의: 상복에서 평상복으로 변화한 것

이조李朝의 꿈 피우는 향로

길 가던 사람 누구나 멈추어 서서
먼저 옛날 그리운 향 내음을 맡고
기도하는 마음을 보내게 되는
너, 남대문은
진정 오래된 향로로구나

잡다한 복장들이 교류하는
경성역의 혼잡함에서 빠져나와
여수旅愁의 시선을 보내는 거리에
서양식 건물이 늘어서고, 속악한 상점 간판이 늘어서고
아스팔트 인도가
완만한 언덕을 기어올라도
그 언덕 끝에 있으면서, 너는
너무도 느긋한 초시대적 존재——

때로는, 북한산 꼭대기에서 불어 내리는 삭풍에
남대문 벽 담쟁이는 시들고, 지붕은 설관雪冠을 쓰며
때로는, 담쟁이 의상이 초록의 능라가 되고
지붕의 관은 옛날 그대로의 선선한 월관月冠이 되어

옷차림은 사시사철 변천해 가지만

둥근 불룩함으로 버티고 선 남대문 벽의 온화함

그 위에 위태로워 보이는 미진조차 머물게 두지 않는 이층 지
붕의

더할 나위 없는 조화로 사는 불변의 생명은

영원히 냉철한 반도의 푸른 하늘에 빛나고 있구나

잿빛에 푸릇푸릇하게, 이조의 바람에 일본의 비에

색 바랜 기와·돌담·문·그리고 문짝의 대갈못에서

눈에 보이지 않는 고요한 향로의 연기는 피어올라

조선풍과·일본풍과·서구풍과——

모자이크식 도시를 희미하게 뒤덮고

일본풍도 서구풍도 하나같은 향기로 감싸는구나

이렇게, 제법

이조 몇백 년을 그립게 만드는 왕도 경성의 모습이 되고

이렇게, 제법

차분한 맛이 있는 경성의 모습이 되는구나

불상 앞에 고마움 감돌게 하는 향로처럼

언제고 경성 입구에 있으면서

와락 끌어안고 싶은 회고의 감정을 풍기며

너, 남대문은

진정 몽롱한 이조의 꿈을 피우는 향로로구나

1925. 여름

○장승

　마을 어귀에서 마귀를 쫓는 의미를 가지며, 천하대장군과 지하여장군이라고 새긴 나무 표지를 나란히 세워 둔 것이다. 풍모가 괴이하고 상당히 대강 만들어진 조각물이다. 버드나무 그늘에 나지막한 초가지붕——거기에 조선인 부락의 모습이 보인다.

쳇!

        Y

저 어부가   너무 위대하게

빛나고 있어서 견딜 도리가 없었지

지휘봉 끝에

수천 청중을 낚고 있던 사내가 말이야

        Z

나는 대변을 보면서

똥통 안에서 득시글득시글하는 구더기를 바라봤지

신께서도 이렇게

하늘 위에서 바라보고 계실 것 같구먼

                                    1926. 8.

인생

"사람 언제 죽을지는 알 수가 없지

살아생전 맛있는 거 먹는 게——"

——큰소리 내지르는 장사치도

내일을 알 수 없는 신세로 한 푼 벌고자 한 접시 아닌가

경멸하면서도 허탈한 기분이 되어

장어 한 접시 사 들게 되고 말았다

1926. 8.

바람

펄럭펄럭하며 여자에게 부는 녀석

하복부에서 대퇴부로
참기 힘들게 볼록한 선을 그리는 녀석

옷자락에서 종아리로
요염해 보이는 화염을 부추기는 녀석

정신없게 남자 마음을 쏘아 대는 녀석

벚꽃·처녀

싱그러운 벚꽃의 가지들이

음울한 밤기운의 물결에 농락당해서

미친 듯한 머리칼처럼 별이 없는 창공을 때리고

또는 상극하는 사지처럼 서로 얽히니

난파선 밤의 비명소리에 귀를 막고

오들·오들 처녀는 하룻밤

규방에서 눈물이 그렁해 있었다

하지만, 새벽녘의 햇살을

은혜로운 한구석 맑은 하늘로

여운 있는 바람에 흔들리면서 내밀어진 가지에

벌어진 몇몇 꽃이

미소 짓는 모습을 바라보고

유부녀가 된 눈동자는 폭풍우에 씻긴 달처럼

서늘하게 빛나지 않았겠는가

밝은 밤에 짙은 향기를 피우고

밝은 달이 핀 밤——

다다미 푸릇푸릇 풀 내음 풍기고
도코노마床の間[12]에는 고즈넉하게 직접 꽂은 제비붓꽃
정갈한 옷장 옆에는
양복에 화려한 염색 비단 여인 옷이 늘어져 걸리고
그대 집을 비추고 있는
전등불마저도 산뜻하구나

청명한 불빛 아래에
옻칠이 된 작은 상을 두고
그대와 어깨 나란히 한 새 신부가, 단아하게
음식을 늘어놓는 손길이
위태롭게 술 따르는 손이
흔들리는 흰 백합 같구나——

"과거는, 설령, 질문을 받더라도
일체 모르는 거야——"
얼룩투성이의

낡은 옷을 벗어 던지고

다른 세계로 출발한 그대는

딱 잘라 말하지

독신 친구 둘이 손님으로 와

새로운 신혼집 술에 취하면서

거나하게——이야기하고, 주장하고, 웃고

쭈뼛쭈뼛한 행동거지에

자기도 모르게 알지도 못하면서 호호호……

웃으며 풀리는 향기로운 얼굴

개골개골, 멀리서 개구리가 울고 있다

1925. 봄

어리석은 남편의 망상

"어째서 이런 꿈을 꾸는 걸까요

언젠가는 플랫폼을 내려 악수하던 손바닥이 얼음장!

작년에는 입는 이불에 드리운 흰 천이 해골로 보이더군요."

새해가 시작되고서도, 네댓 차례

아내는 죽은 애인인 사촌오빠를 만났었지

폐 질환을 앓고 있는 그녀는 이제 곧 나를 떠나

사촌오빠와 결혼하는 건 아닐까?

"꿈도 실재인가요?" 같은 쓸데없는 질문은 그만하라고

결혼

결혼식 날 밤이 희뿌옇게 밝아올 무렵——

새 신부는 영예로운 산봉우리에서 눈 벌건 연인에게 속삭였다.

"나, 아직 처녀예요!"

새 신부의 혼백은 집어 던져진 개구리처럼

배를 내놓고 햇살 비추지 않는 골짜기 밑바닥에서 신음하고
있었다.

승리자도 패배자도 아닌 채로

연인은 산 중턱을 기어가는 빛과 그림자를 지닌 구름이 되었다.

비서관과 여왕님의 대화

"핀이 하나
부엌에 떨어져 있었습니다

쓰시마 해전[13] 이상의 사실로서
보고 드립니다."

"왜 그걸, 자네가?"

"하인 신키치가 개수대 밑까지
걸레로 닦았기 때문입니다."

"방은?"

"물론입니다!
기하학의 첫 번째 정리定理 이상으로——"

"자명한 이치라는 것쯤은
나도 알고 있어!"

"예 예

황송합니다."

"그거 말고, 다른 일은?"

"그거 말고, 다른 일은……

신키치가 비서관의 모자를

손질해 주었습니다."

"뭐야, 자네 것 말이야?"

"그렇습니다."

"그, 내가 긴자銀座에서 사 준

뉴 햇New Hat의 먼지라도 털었단 말이야?"

"아닙니다, 예전 모자입니다!"

"어차피, 새것이라고는

내가 사 준 것밖에 가지고 있을 턱이 없을 텐데──"

"그렇습니다. 작년에 같이 모셨을 적에

제가 요구한 그것을 씻겨 주었습니다

신키치는 정말로 좋은 신키치라서……"

"뭐야, 신키치 신키치라고 자꾸 말하면 어떡해!

그 지저분한 것을 씻겨 준 신키치라는 게

비서관, 네 이름 아니야?"

"그렇습니다, 지당하신 말씀입니다.

비서관이면서 신키치

그리고 또, 여왕님이 가장 경애하셔야 할 남편!"

"어머!

그런 말까지 하다니 정말 싫군."

1926. 8.

고독의 제왕

빽빽한 떡갈나무로 꾸며진
화려한 사당 망루의 단청은
창공에 모란처럼 반짝이고
제왕의 꿈은 아직 여기에 피어 남아 있구나

바람에 깎이고, 비에 색 바랜
쓸쓸히 돌로 만들어진 말·돌로 만들어진 사람은
사당 앞에 어느 세월까지나
침묵의 봉사를 지속해야만 하겠지

'고독'의 수호자인가
칼을 찬 병사는 지금 새삼 능묘의 문을 단단히 지키고
제왕의 꿈을 덧대는 장인匠人은
빛바랜 단청을 다시 칠하고 있구나

그러나, 여태껏 자유를 허락받지 못한
태조의 얼굴이 창백하게 질려
무성한 능 위의 풀숲 그늘에서 들여다보고 있었지
적적한 것처럼, 적적한 것처럼

1924. 5. 펑톈奉天 북릉北陵[14]에서

고뇌하는 도시

검게 그을린 서양식 건물 여럿은

침울한 사상처럼 늘어서 있고

태양은 커다란 하늘 속에 숨겨져

찾을 길도 없다

아스팔트 대로를 가는 사람들의

방진용 색안경은

먼지떨이로 상품의 먼지를 털고 있는

중국인 거리 상인을 서글프게 바라보며 간다

일본인 손에 의해 건설된

잿빛 서양식 도시에 내려선 나는

사는 사람의 그림자도 비치지 않고 닫힌 수많은 창문들에서

건강하지 못한 도시의 명맥을 짚었다

이 거리에 살고 있는 일본인은

샘물에서 잘못 흘러들어 온 향어의 고뇌를 맛보고 있는 게 아

닐지

문득 눈을 드니

점령기념탑[15]도 소용돌이치는 누런 흙먼지 속에 위태롭게 사라지려는구나

1924. 5. 펑톈 거류지

궁전을 둘러싼 나팔

낭랑히 길게 꼬리를 끌며

가늘고 긴 중국 병사가 불어 대는 나팔 소리는

굽이굽이 뱀처럼 궁전을 돌고, 도는구나

오래된 봉황루의 돌계단을 오르면

누르스름한 궁전의 지붕 기와

저편에는 푸르스름 그을린 고루鼓樓[16]·성벽

한눈에 내려 보는 청나라 꿈의 파편을 주울 수 있으려나

예전에 있던 역대 성제들의 초상화는

이리로 찾아올 것도 없이

지금은 중국 병사의 흙발에 마구 짓밟혀

서글픈 봉황루로다

전대의 궁정에서 이루어지던 관병 교련의

어설픈 구령과 동작을

웃음 지으면서, 더 보고 있노라니

예전에는 들판의 폭풍 같은 마적 십 만의 우두머리

지금을 주름잡는 동삼성東三省[17] 장군 장쭤린 저택의

위풍을 사방에 떨치며 우뚝 솟은 서양식 건물 모습에서

돌아가는 중국의 무대를 보았다——

이제 돌아가려 하니

이 병영을 겸한 궁정의 문지기는 이상한 웃음을 띠고

관람자에게 안내료를 청하는 유머러스한 표정을 짓는구나

낭랑히 길게 꼬리를 끌며

기괴한 군영의 꿈을 불어 대는 나팔 소리는

역사의 악보처럼 궁전을 돌고, 도는구나

1924. 5. 펑톈 궁전

가치 있는 것

지상에서 저 멀리 보내지고 있는 공기 펌프가 탁 정지했다고
가정해 보라
또 여기에는 낮과 밤의 구분이 없고, 늘 부연 칸델라 불빛뿐
축축한 습기 속에서 창백해져 가는 인간의 무리여

망령처럼 수레를 밀고, 수레를 밀고
이렇게 다 썩어 버릴 생명임에
한 번 운명의 궤도를 벗어난 때에는 다시
무너지는 흙더미에 파묻힐 수 있는 생명이라는 것조차, 너희
들은 잊고 있는 것이다

너!
이 푸른 잎처럼 신선한 공기를 마시고
이 붉은 장미 같은 태양을 우러르고
이 애무하는 손길로 가득한 밤의 은혜 속에서
이 세상이 살기 힘들다는 말 따위 하지 말라

나는, 오늘
숨 막힐 듯한 괴로움에 압박받으면서도

지하철 수천 자의 갱도 안으로 내려가

이 세상에서 돌이켜보지 않는 것의 가치를 처음으로 발견했으니

1924. 5. 푸순撫順 탄광

전쟁터의 꽃

이 근처는 탐험 소설 장면 같아서

보루의 갱도를 지나가면

기괴한 인물이 튀어나올 듯한 느낌

곳곳에 열린 창문이라기보다는 작은 틈에서

(그 틈에서는 과거에 기관총이 고개를 내밀고 눈사태 같은 일

본 병사들을 쏘며 죽인 곳이다!)

희미하게 비쳐 드는 흐린 불빛에

겨우 보이는 베통[18] 벽 무수한 탄흔에서

화약 연기가 부옇게 끓어올라

과거에 발버둥질치며 싸우던 일본인 러시아인 얼굴이

거기 전체에 매달릴 듯하구나

그렇지만, 투쟁에도 지쳐 떨어져

적과 아군의 관념도 다 잊어버린 채

빈약한 일본주와 러시아빵을 교환하며

활짝 핀 인간애의 꽃!

원령도 그 꽃에 위안을 받았으리라고

안도하는 숨을 내쉬니

마침내 갱도도 밝아지는 듯 느껴지누나

1924. 5. 뤼순旅順 동계관산東鷄冠山 북보루北堡壘

다롄大連의 밤

불빛이 무지개처럼 빛나기 시작하면
저녁 미풍에 살짝 흔들리는 등꽃 조화는
살아 있는 꽃처럼 산뜻하게
요염한 웨이트리스 머리 위에——

이곳 카페·후지[19]의 초여름 밤은
아직 깊어지지는 않아도, 이미 환락의 막이 열렸구나!

가벼운 무도곡이 축음기에서 흘러나오고
꽃 아래를 리드미컬하게 춤추는 붉은 머리칼의 남녀 한 쌍
저쪽 탁자에 기대어 파란 눈동자의 시선을 던지는 부인도 같
은 무리겠지
처음 다롄에 와서 카페·후지에서 손님이 된 우리
퍽 신기하다는 듯한 시선을 보내던 우리 동료 하나는
불쑥, 그 탁자로 다가가더니
중국요리집에서 몰래 가지고 온 호박씨를
포켓에서 꺼내 파란 눈동자의 부인에게 바쳤지만
버들 같은 눈썹을 치켜뜨며 부인은 호박씨와 분노의 중얼거림
을 내던졌지

부서진 환락을 짊어지고 이윽고 나가 버리는 그들 모습에

질질 끌리던 덧없는 운명의 그림자

그 얼굴에 깊이 새겨져 있던 주름은

고국의 고뇌와 요란한 파도 아니었던가

이렇게 좁은 카페로 와서 한 잔 맥주에

고국의 시름을 지우려는 망명객이었겠지

"댄스에 대한 사례로……"

중국 좋은 술에 한층 담백하게 순진하게

마음을 드러내 버린 일본인의 악의 없는 행위인 줄도 모르고

떠나 버린 러시아 사람으로 보이는 세 남녀에게

새삼스럽게 서글픈 상념을 헛되이 보내게 된다

그건 그렇고 과연 만주 다롄의 정경이란——

자 친구여! 찰랑찰랑 맥주 거품을 내자

요염한 웨이트리스들도 이리 오시게

꽃 아래에서 다롄의 밤을 축복하자고

1924. 5.

별의 포구

은하수와 이어지는 물가의 꽃이여

멀리 활 모양의 현처럼 보이는 근처

빨강이며 보라, 아니면 하양

꽃에 노니는 나비들처럼

오월의 바닷바람에 빛나고 있는 것은

일본 아가씨의 파라솔이리라

다롄의 소음에서 도망쳐 온

여기 야마토호텔 발코니에서

다 마셔 버린 홍차가 살짝 목을 축이고

마음은 아득하게, 어렴풋하게

푸른 하늘보다도 밝게 갈고 닦여서

바다 위 저 멀리로 돛을 달리네

이는 또 하루의 위안을 쫓는 주종主從인가

발코니 한구석의 의자에 기대어

뜨개질에 여념 없는 백랍 같은 손은

바늘을 움직이며 즐거운 털실의 이야기를 뜨고

손의 주인인 금발 부인 옆에는

털 북슬북슬한 강아지의 눈동자가 동경 가득

망망대해에 떠 있는 노송의 섬 그림자를

초록의 별인가 바라보고 있구나

"보세요——

초록 나무 사이에 늘어선 집들이 얼마나 시적인지

우리도 여기에서 동화 같은 생활을 하고 싶어요!"

아, 그대의 눈동자는 몽상에 빛나는구나

그대여, 자 잔디의 양탄자 위를 미끄러지듯 가오

저 곶岬으로 가면 조망이 더 좋을 게 틀림없다오

1924. 5.

○빨래터

작은 개천이 있으면 빨래를 하는 조선인 아낙네 무리를 볼 수
있다. 순백의 옷은 세탁되고, 늘 내천 부근이나 울타리에 널어
말린다. 빨래는 조선인 부인들 노동 시간의 대부분을 차지한다.
사진은 경성시 안 청계천 부근으로 보인다.

길가 어린 여자아이 이야기

A. 장작 인형

출입구 귀틀은 비틀어져 있다. 비스듬히 기울어진 흙벽의 창은, 암울한 이 집의 눈이다. 맑은 하늘의 광선도 이 눈으로는 받아들이기 어려운 사팔뜨기 아니겠는가.

그래도, 안심할 수 있는 것이, 인기척이 티끌만치도 없다는 사실. 어쩌면 돌아올 사람은 영원히 없는 거겠지.

하지만 어찌 된 일일까? 길가 지저분한 한 장의 거적 위에 두 어린아이가 버려져 있다.

필시, 아버지는 노동하러 나간 게 틀림없다. 어머니는 식모살이라도 하러 갔겠지.

온종일 거적 위에 내버려진 두 어린아이. 두 살배기 정도 젖먹이는 양파에서 갓 틔운 싹 같은 고추를 드러내고 기어서 돌아다닌다. 여섯 살 정도 되는 여자아이는 무언가를 안고, 흔들흔들 흔들고 있다. 입을 우물우물 움직이며, 무언의 자장가를 부르는 것이다. 다가가 보니, 안고 있는 것이 잘려진 장작 조각임을 알게 되었을 때——애련愛憐의 정은 미처 막을 수 없는 분수를 내뿜는다.

이 비루한 거리에는 이제부터, 일본 아가씨의 놀이 상대인 긴

소매 기모노를 입은 인형 같은 종류의 것은 얼씬도 못할, 아니 옷조차 없는 인형마저도 이 반도半島 민족의 광대한 범위에서 거의 찾아볼 수 없다.

하지만, 그것은 자연스러운 인정 이외에, 이유를 요구해야만 한다.

실제로 여섯 살 여자아이는 장작 조각을 한없는 애무의 파도에 띄우고, 깊은 자애의 요람에서 꿈을 꾸게 만들고 있는 것이다.

여기에는, 아버지도 어머니도 어쩌면 영원히 돌아오지 않을 듯한 광선이 비쳐 들지 않는 흙집이 누워 있다. 그러나, 이 길가에는 저 푸른 천정이 너무도 어울리는 거적 한 장의 집 아닌 집이 있다.

B. 펼쳐진 치마

그것은, 반들반들한 대리석 계곡. 슬쩍 밝은 빛마저 띠고, 부드러운 흰 살갗을 생각나게 하지.

계곡 사이에서 샘솟는 분수의 화살에, 수많은 돌멩이들이 맞더니 이상하게도 아름답게 젖어 간다네. 돌멩이의 초록 모양이나, 노란 선이나, 붉은 빛 반점이, 어쩌면 잎사귀처럼, 혹은 꽃처럼 여겨지는 것이었어.

어린 여자애는 단풍잎 같은 손을 적셔서, 돌멩이 풀꽃을 쓰다듬었지. 그리고 분수는 여전히 일곱 색으로 물방울이 튀었어.

어린 여자애는 분수가 자기 오줌이리라고는 꿈에도 마음에 두지 않아.

그러나 작은 언니의 가슴에는 이미 언젠가부터 수치심이 숨어들어 있었지. 그게 다행일까 불행일까. 어쩌면 불행한 일이겠지, 아니, 분명히 인간의 몹시 서글픈 불행일 거야.

하지만, 그 붉은 치마를 파라솔처럼 펼쳐 어린 여자애 앞을 덮어 준, 작은 언니를, 누가 비난할 수 있으리. 아니 그 심정이야말로 또한 기특할 따름이야.

그것은, 푸른 하늘의 태양도 다 익어 버린 꽈리의 붉은 알처럼 온갖 군데를 비추고 사람의 왕래가 빈번한 이 거리도 또한 그 꽈리의 내부처럼 가장 밝게 비치는 때의 일이었지.

여름 풍물초

○백의

눈 오는 겨울에 백의는 너무도 쓸쓸해 보인다네.

초록 여름에 꼭 어울리지. 산뜻한 삼베. 특히 부인의 능라는 미풍에도 살랑거려.

○빨래방망이

백로처럼 무리지은 곳——빨래방망이의 교향악이 활기차구나.

여름의 강가를 좋아하는 아낙들!

빨래방망이: 빨래감을 두드리는 막대기

○포플러

염천하의 하늘을 비질하는 불의 빗자루! 고흐에게 그리라고 하고 싶구나.

조금 선선해진 저녁 하늘에 속삭이는 사랑의 말! 어라, 그늘에 달이 숨어 있었네.

○달

달!

(누군가? 울고 있는 이는)

달을 올려 보며 조선의 아이들은 웃는구나. 그리고 노래하는구나.

달아 달아 밝은 달아

이태백이 놀던 달아

○하늘

대륙풍 부는 하늘은 메스처럼 티끌 하나 없지.

달은 교교하고. 별은 점점이.

백의의 사람들은 온돌방을 버리고 밤새도록 하늘에 마음을 식힌다네.

○꿈

꾸벅꾸벅 앉아 졸기에 여념 없는 마부가 사람 다리를 끌고 갔다!

──나무 그늘에서 길가에서, 밤의 꿈을 잇는 여름의 일이다.

○바가지

청초한 부채 모양 잎사귀. 박꽃보다 쓸쓸한 꽃.

지붕을 밭 삼아서 자라게 하는 바가지.

온돌집을 소박하게 장식하며, 그들은 대지에 엎드리면서 자기 집을 바라보고 있구나.

○담배

긴 곰방대를 즐기면서, 장단을 맞추네. 노래하네.

나무 그늘 어둠 속에 반딧불이가 몇 개씩이나 깜박인다네.

담배 반딧불이에 호랑이도 나오지 않는군.

○노래

목이 메는 듯, 흐느끼는 듯, 원망하는 듯, 호소하는 듯……

떨리며 길게 빼는 낮은 음조(베이스)의 조선 노래.

저녁 어스름의 조선 땅, 노래에 울지 않는 일본 아가씨는 아가씨도 아니지!

○풍물

농사꾼은 모내기. 모내기가 끝나면 풍작을 기원하지. 기원하는 그들은 밤새도록 징을 치는구나. 징을 치며 춤을 추는구나.

흥겹게 추는 춤 속에 벼는 기꺼이 자라나지. 쌀을 맺지.

풍물! 풍물! 자연과 친목하는 풍물!

1926. 5.

등불

어두침침한 방이었도다   벽은 그을렸도다

장식이라고는 하나도 없이   빛나더라고 할 정도도 아닌   누런 십 촉짜리 전등   희미한 방이었노라

그렇지만   그리운 사람의 정이여

어느 사이엔가 차려진 밥상이 아름답지 않아도 좋으니   별미임을 자랑하는 참치회도   여기에 없고   그 이름도 드높은   나다灘[20]의 명주名酒 또한   여기에 없노라

정작 여기에 어울린 것은   소박한 찬거리 약간과   꺼질 듯 말 듯한 거품 올라오는 맥주 몇 잔과

일찌감치   발그레하게 뺨을 붉히고   누워 있는 학생 하나는 앞뒤도 모조리 잊었구나   남은 한 명과 마음도 상쾌하게 이야기하고 있자니까 드르렁 드르르렁……

멀리 우레가 울려오는가

문득   이야기하던 사람이   창가에 기대어   그리로 밤마다 지나가는 기차의 불빛   꽈리처럼 이어져 보여   라고 말하는 것도 기쁘지 아니한가

1925. 여름, 홋카이도北海道 비후카美深[21]에서

주석

1 기모노着物를 입을 때 허리에 감아 묶는 폭이 넓은 천 띠.

2 우치노 겐지가 조선에서 벌인 제1시집 『흙담에 그리다』의 출간과 시잡지 활동이 원인이 되어 총독부로부터 영구 추방을 당하게 되는 사정을 바탕에 둔 내용이다.

3 기혼 조선 여성을 한국어 발음 그대로 어머니オモニ, 미혼의 조선 아가씨를 가시나 カシーナ라고 표기했다.

4 이하 시 본문 아래에 기재된 주석은 모두 시인 우치노 겐지가 직접 기술한 내용이다.

5 장쭤린張作霖(1875~1928). 중화민국 국민정부 군벌 정치인. 북벌군에게 패배하여 퇴각하던 중 열차 폭파로 사망했다.

6 여자의 발을 작게 하려고 인위적으로 묶던 중국의 옛 풍속.

7 도교에서 대음신은 태세신太歲神의 비妃를 일컫는데 이 시에서는 '달'을 지칭한다. 대음신이 있는 방향으로 아내를 맞거나 출산하는 것은 금기로 여겨진다.

8 원문에는 '鰻上り'라 되어 있으나 일본어에 없는 단어라서, 지위가 자꾸 올라감을 뜻하는 '鰻(うなぎ)上り'의 오식으로 추측된다.

9 나라 인구 정태를 파악하기 위한 기본적 인구 통계 조사. 일본에서는 제1회 국세 조사가 1920년에 이루어졌고 이후 5년마다 실시됐다.

10 마음을 고요히 하고 한 대상에 집중하는 종교적 명상이나 그 마음 상태.

11 1874년에 태어나 1926년 4월 26일에 사망한 대한제국 제2대 황제, 조선 제27대 왕으로 1907~1910년 재위한 순종純宗.

12 방에서 벽 쪽으로 움푹 패여 있으며 바닥이 방바닥보다 위로 올라가 있는 공간을 마련해 인형이나 꽃꽂이, 붓글씨 등으로 장식한 곳.

13 원문은 '일본해 해전日本海々戰'이라고 되어 있다. 1905년 러일전쟁 때 쓰시마 対馬 부근에서 일본 해군이 러시아 발트해 함대를 전멸시키고 승리한 전투다.

14 선양瀋陽의 소릉昭陵을 말하며 청나라 2대황제인 홍타이지皇太와 효단문황후孝端

文皇后의 능으로 1651년 아버지 누르하치 능보다 크게 건설됐다.

15 신시가지의 가장 큰 대로에 있던 22.8m 높이의 러일전쟁기념탑.

16 시각을 알리는 북을 달아 놓은 망루.

17 랴오닝성遼寧省, 지린성吉林省, 헤이룽장성黑龍江省의 총칭.

18 콘크리트를 의미하는 프랑스어 béton.

19 등꽃, 등나무를 의미하는 한자 '등藤'의 일본어 훈독이 '후지'다.

20 효고현兵庫県의 지명으로, 이 지역의 고급 청주淸酒가 유명하다.

21 1925년 8월 우치노 겐지는 홋카이도 삿포로에서 고토 이쿠코와 결혼식을 올렸는데, 비후카는 이쿠코가 살던 동네로 추정된다.

발문

제1시집 『흙담에 그리다』를 세상에 내보낸 이후 몇 년의 세월을 보내고 맞았던가. 생각해 보니 그것은 1923년 늦가을이었다. 어느새 6년 반의 시간이 흐른 것이다. 그동안 내 신상에도 여러 변화가 있었다. 하지만 시를 믿는 길은 한결같았다. 한결같이 시를 위해 나는 제2시집을 몇 년 전에 편집했어야 했는지도 모른다. 그러나 제1시집의 수난과 경제난 때문에 오늘날까지 뜻을 이루지 못했었다.

제1시집의 수난이란 조선 당국의 기피를 겪는 바람에 사랑하는 자식 같은 시집을 어둠 속에서 어둠 속으로 묻어야 하는 운명에 맞닥뜨린 것이다. 그것은 단순히 한 번의 기피로만 끝났다고 할 수 없는 일이었고, 나아가 온갖 면에서 고배를 맛보게 된 일이 아니었던가. 그 한편으로 그 수난에 대해 심심한 동정과 호의를 받았다. 조선의 부락 연구가(아니, 일본의 부락 연구가)인 오다우치 미치토시小田内通敏 씨*를 잊을 수 없다. 여기에 적어 그의 따스한 심정을 영구히 기억하고자 한다.

---

*오다우치 미치토시(小田内通敏, 1875~1954). 1920년대 조선과 '만주' 등지를 조사한 지리학자로 향토 지리 연구와 교육 운동을 편 인물.

제1시집을 출판한 무렵, 나는 조선의 한 소도시에서 잡지『경인耕人』을 내고 있었다. 하지만 1926년 가을, 경성으로 옮김과 동시에『경인』48호를 내고 종간했다. 그 잡지는 조선의 시단 개척에 있어서는 상당한 효과를 거두었다고 기억한다. 경성으로 옮김과 동시에 내 가정 생활이 시작되었으므로 시기를 일단락 구분할 수 있다. 이후 화가 다다 기조多田毅三 군*과 함께 조선 종합 예술 잡지『아침朝』을 냈는데, 계획이 너무 원대한 바람에 2호로 마치게 되었다. 경성의 시우들과『아시아 시맥亞細亞詩脈』으로 모이게 되었는데, 그 와해와 더불어 나는 이쿠코郁子**와 새로운 목표 하에 두 사람의 잡지『징鉦』을 시작했다. 나와 그녀는 여기에 끓어오르는 혈맥의 파도를 담았다. 그리고 나와 그녀의, 또한 무산 계급의 진영을 척척 쌓아올리고자 했지만, 조선이라는 특수한 분위기가『징』에 어떠한 압박을 가했던가. 우리는 두 권의『징』을 조선의 민둥산에 묻음과 더불어 반도에 작별을 고해야만 하는 지경에 처했다. 그리고 도쿄 하늘 아래에서 빵을 찾아 방랑하는 신세가 된 것이다.

　지금『선언宣言』에 기대어 제2시집을 펴내기에 이른 것은, 오히려 기대치 않았던 행운이다. 제1시집 이후의 차질과 압박과

---

* 생몰년은 정확히 알 수 없으나 1920년대에는『경성일보京城日報』미술 기자로도 활동한 화가.

** 고토 이쿠코(後藤郁子, 1903~1996). 우치노 겐지의 아내로 함께 문학 활동을 하며 제1시집『오전 0시午前零時』(1927), 제2시집『한낮의 꽃真昼の花』(1931) 등을 출판한 시인.

전락, 그런 일들이 우리에게 덮쳐 와서 우리를 쓰러뜨리려고 위협했다. 그러나 벗들의 격려와 편달에 우리는 더 분기하고 더 나아갈 수 있다. 제2시집 간행에 즈음하여 이 출판을 지지해 준 백오십 명의 동지 제군들에게 만강의 사의를 표하고자 한다.

제2시집은 제1시집 간행 후의 작품부터 각 연월에 걸쳐 대표적인 것을 모았다. 어찌 됐든 6년여 반의 세월에 걸치니 앞뒤로 상당한 경향의 차이를 느낄 것이다. 시집을 펴내는 데 있어서 이것이 가장 고통스러운 점이었다. 하지만 지금은 이 오랜 기간에 걸친 과정이 드러난 것으로서 이 시집을 보아주기를 바란다. ● 부와 ●●부에 내 최근의 모습이 있다. 새로운 나의 연장선은 제3시집에서 더 명확하게 내보이고자 한다. 따라서 나는 제2시집 『까치』에서 말살해야 할 나를 말살하고, 살려 내야 할 나를 살려 내고 싶은 것이다.

나는 많은 시들을 버렸다. 그렇다고 이제 와서 애석하다는 생각을 품는 것도 아니다. 무엇보다 넣고 싶은 시편 중에 평소의 부주의로 원고를 잃어버리고 말아서 뜻대로 하지 못한 것도 있다. 하지만 이제는 그 모든 미련을 다 태워 버렸다.

장정裝幀은 조선에서부터 알고 지낸 욕지辱知 이케베 사다요시

112

池辺貞熹 군*을 번거롭게 했고, 삽입한 사진은 조선에 있는 가인 歌人** 이치야마 모리오市山盛雄 군***의 배려를 얻었다. 또한 M군의 후의로 조선철도국의 사진첩에서 재료를 얻었다. 모두 고마운 후의다.

1930년 4월

도쿄 아라이야쿠시新井藥師**** 부근 우거에서

우치노 겐지

---

* 1905년 오이타시大分市 출생. 오이타대학을 졸업했고 이후 중학교에서 교편을 잡았으며 오이타현 미술전을 중심으로 작품을 발표함.

** 일본 고유의 31음절 정형시가인 단카短歌를 전문적으로 짓는 문학가.

*** 이치야마 모리오(市山盛雄, 1897~1988). 기업인이자 단카 작가로, 1923년 경성에서 단카 전문잡지『진인眞人』을 창간하여 우치노 겐지가 주재한『경인』과 자매 잡지 관계를 유지하였으며, 조선 문화 특성을 고찰하는 특집호를 여러 번 기획.

**** 도쿄도 나카노구中野区 아라이新井에 있는 에도江戸 시대부터 유명한 사찰.

우치노 겐지 연보

1899년(1세)
2월 15일 나가노현長崎県 쓰시마対馬 이즈하라嚴原에서 출생. 아버지 이노스케猪助는 문구점 경영 실패 후 조선으로 건너와 신의주를 거쳐 전라북도 전주시에서 제면업 시작. 두 살 위 누이 와카나若菜, 아홉 살 어린 남동생 소지壮児와 삼 남매.

1916년(18세)
3월 나가노현 쓰시마중학교 졸업.
4월 히로시마고등사범학교 입학. 이 무렵부터 단카短歌를 짓기 시작. 가집歌集『불꽃焔』 동인에 참가.

1920년(22세)
3월 히로시마고등사범학교 졸업. 국어 및 한문 교원 면허 취득. 후쿠오카福岡 현립 구라테鞍手중학교에 부임.
8월 단카 모임 동인에 참가.

1921년(23세)
3월 부모가 조선총독부 근무를 권유하여 도한. 충청남도 대전시 대전중학교 교사가 됨.
7월 오노에 사이슈尾上柴舟의 추천으로 『미즈가메水甕』의 사우社友가 되고, 시인 히라도 렌키치平戸廉吉, 다카하시 신키치高橋新吉 등과도 교우.

1922년(24세)
1월 대전에서 문학결사인 경인사耕人社를 설립하고 시가 전문잡지 『경인耕人』 창간 주재. 겐지乾児, 쓰시마 출신자津島生人 등의 펜네임 사용.
5월 대전중학교 사감 겸임.
7월 20일~8월 12일 나라, 고베를 거쳐 고향 방문.
11월 대전역에서 당시 한반도 최초의 단카 잡지 『버드나무ボトナム』를 창간한 고이즈미 도조小泉苳三와 만남.

1923년(25세)
5월 한 달간 와병
7월 시가집, 시가 관련 책 들을 모은 『경인문고耕人文庫』 계획.
8월 고향 쓰시마 방문, 사촌형 부부로부터 고토 이쿠코後藤郁子를 소개받고 이후 편지 교환을 하게 됨.

9월 『경인문고』 개고.

10월 첫 시집 『흙담에 그리다土墻に描く』 간행.

11월 『흙담에 그리다』가 판매 금지 및 압수 처리. 『경인총서』 간행을 계획.

12월 연말부터 고베神戸 방면 여행.

1924년(26세)

1월 총독부 경무국 사무차관을 면담하여 시집 압수의 이유를 묻고 일부 삭제 조건으로 발매 금지 조치 해제.

2월 종합잡지 『조선공론朝鮮公論』 시단의 선자選者가 되어 1927년 1월까지 역임.

4월 일본시인협회日本詩人協会의 시집 『좌익전선左翼戦線』에 가입 권유 받음.

5월 수학여행 인솔로 다롄大連 방문.

8월 삿포로札幌에서 고토 이쿠코와 약혼.

10월 다카하시 신키치가 대전 방문.

11월 한반도 최대 단카 잡지 『진인真人』 책임자 이치야마 모리오市山盛雄가 대전 방문.

12월 일본시인협회 주최의 시집 『시의 마쓰리詩のお祭り』 발기인으로 참가 (나중에 중지됨).

1925년(27세)

2월 시화회詩話会 위원에게 『일본시집日本詩集』으로 작품 수록을 추천받음.

7월 일본으로 가서 지인들과 연시聯詩 창작.

8월 삿포로 히요시 신사日吉神社에서 고토 이쿠코와 결혼.

9월 경기도로 발령받아 조선공립중학교 교유教諭로 임명되어 경성공립중학교로 전근. 이 중학교에는 후에 소설가가 되는 나카지마 아쓰시中島敦, 유아사 가쓰에湯浅克衛가 재학 중이었음.

12월 『경인』 종간. 부모와 경성에서 함께 살게 됨.

1926년(28세)

2월 에구치 스테지로江口捨次郎, 우에다 다다오上田忠男와 발기인으로서 경성시화회京城詩話会 창립, 9일 제1회 경성시화회 개최. 회원은 20여 명. 부모는 쓰시마로 귀향. 이후 경성시화회 위원으로 선출되고 28일 제2회 경성시화회 개최.

3월 경성일보사와 수양단연합본부 등에서 열린 제3회, 제4회 경성시화회에 출석.

5월 조선 예술 잡지 『아침朝』(다다 기조多田毅三가 편집 겸 발행인)을 창간하여 문학부 담당.

6월 경성일보사에서 열린 제7회 경성시화회에 출석하고, 안서 김억과 만남. 『아침』이 2호로 폐간.

7월 조선총독부 문관 시험 위원으로 임명.

10월 경성 신교동으로 이사. 경성시화회를 아시아시맥협회亜細亜詩脈協会로 개칭. 기관지 『아시아시맥』을 창간하여 편집인 겸 발행인이 됨. 경성구락부에서 개최된 경성제국대학교에 부임한 사토 기요시佐藤清 환영회와 『아시아시맥』 창간 기념회에서 개회사. 세검정으로 간 시행詩行에 참가.

11월 아시아시맥협회 지회인 부산시학협회釜山詩学協会가 부산일보사에서 연 「전선시전全鮮詩展」에 출품.

1927년(29세)

4월 인천공회당의 입센 기념 강연회에서 강연. 무용 연구의 대가 나가타 다쓰오永田龍雄와 만남.

6월 아시아시맥협회와 진인사 공동으로 경성공회당에서 「가와지 류코川路柳虹, 와카야마 보쿠스이若山牧水 문예대강연회」 개최(천 명 이상 운집). 동생 소지의 단편 「하우극장ハウ劇場」이 치안 방해에 해당한다고 하여 종로경찰서 고등과에서 『아시아시맥』 6월호 발매 금지 및 압수 처분을 받고 휴직을 강권당함.

8월 고토 이쿠코 첫 시집 『오전 0시』 출판기념회 출석.

9월 아시아시맥협회 주최 「전국 시인 작품 전람회」에 출품.

11월 『아시아시맥』 종간.

1928년(30세)

1월 고토 이쿠코와 함께 『징鉦』 창간.

7월 총독부로부터 경성공립중학교 교사직 파면. 조선 추방을 선고 받음. 총독부는 퇴직원을 수리하는 형태로 처리하고 송별회 개최 금지. 아내, 동생과 도쿄로 이주.

1929년(31세)

1월 도쿄의 사립 묘죠학원중학교私立明星学園中学校에서 근무.

3월 도쿄 시외로 이사하여 쓰시마에서 상경한 부모와 동거.

8월 잡지 『선언宣言』 창간. 사토 기요시 시집 『구름에 새雲に鳥』 출판기념회 출석.

1930년(32세)

7월 두 번째 시집 『까치カチ』 출판.

9월 프롤레타리아시인회 결성되고 서기 역임. 이때부터 아라이 데쓰新井徹라는 필명 사용.

10월『선언』종간.

1931년(33세)
2월 프롤레타리아시인회 제1회 대회에 참석, 신임 집행위원으로 선출 및 서기 역임. 1931년판『일본 프롤레타리아 시집』에 작품 수록.
4월 각종 프롤레타리아 단체가 후원한 「실업 반대 프롤레타리아 시와 그림 전람회」에 출품.
8월 일본프롤레타리아작가동맹 가입.
10월 여러 곳에서 열리는 시 낭독회에 출석하여 지도.

1932년(34세)
2월 잡지『프롤레타리아 시』종간.

1933년(35세)
6월『일본 프롤레타리아 시집』건으로 스기나미杉並 경찰서에 검거되어 두 달간 구류 및 고문당함. 이때의 신체적 후유증이 그의 죽음을 앞당기는 원인이 됨.
12월 일본 문단을 대표하는 작가이자 시인인 시마자키 도손島崎藤村 방문.

1934년(36세)
2월 이쿠코가 편집 발행 겸 인쇄인으로 잡지『시 정신詩精神』창간. 「시」란의 선자 역임.
3월 교통사고로 부상.
8월 시 정신의 모임詩精神の会에 출석.『1934년 시집一九三四年詩集』편찬위원.

1935년(37세)
2월『시 정신』일주년 기념회 개최. 이후 일본을 추방당해 중국으로 강제 송환되는 레이스위雷石楡의 시집『사막의 노래砂漠の歌』서문 작성.
5월 젠소샤前奏社 주최 시인제詩人祭 해산 명령받음. 젠소샤 기획 시인 총서 제1편 담당.
6월『1935년 시집』편찬위원.
7월 오구마 히데오小熊秀雄 장편 서사시집『나는 썰매飛ぶ橇』출판기념회 사회.
11월 풍자 시인, 만화가로 구성된 산초클럽 결성, 주요 멤버로 합류.
12월『시 정신』종간되고『시인詩人』으로 발전적 해산.

1936년(38세)
1월 잡지『시인』편집.

4월 자택에서 열린 시인 클럽詩人クラブ 제1회 총회에서 경과 보고.
9월 『연간 1936년 시집』 편집위원.

1937년(39세)
6월 『시 정신』 건으로 나카노中野 경찰서에 검거, 두 달 구류.
8월 옛 『시 정신』 동인의 초청으로 고베神戸, 세토瀬戸 등을 방문.
10월 세 번째 시집 『빈대南京虫』를 일부 삭제 후 간행.

1938년(40세)
3월 장녀 탄생.
11월 결핵 진단으로 3년간 휴양을 권고받지만 생계를 위해 일을 지속.

1941년(43세)
7월 장남 탄생.
12월 병세가 악화되어 쓰러지고 자택에서 요양. 이 해에 동생 소지 검거, 입원, 재검거.

1943년(45세)
7월 나카노의 결핵 요양소에 입소.

1944년(46세)
4월 12일 영면. 묘소는 고향 쓰시마의 이즈하라.
6월 모친 사망. 누이 와카나는 고베 공습으로 사망. 이듬해 6월 부친 사망.

까치

초판 1쇄 발행 | 2022년 9월 14일

지은이 | 우치노 겐지
옮긴이 | 엄인경
펴낸이·책임편집 | 유정훈
디자인 | 우미숙
인쇄·제본 | 두성P&L

펴낸곳 | 필요한책
전자우편 | feelbook0@gmail.com
트위터 | twitter.com/feelbook0
페이스북 | facebook.com/feelbook0
블로그 | blog.naver.com/feelbook0
포스트 | post.naver.com/feelbook0
팩스 | 0303-3445-7545

ISBN | 979-11-90406-16-1 03830

* 이 번역서는 2021년 대한민국 교육부와 한국연구재단의 인문사회분야
  중견연구자지원사업의 지원을 받아 수행된 연구입니다(NRF-2021S1A5A2A01065107).